엉겅퀴 붉은 향

엉겅퀴 붉은 향

혜조 스님 시집

우리글

시인의 말

가을바람에 떨어진 낙엽들이 서로 부대끼며 사그락거리는 소리처럼, 혹시는 아래로 아래로 절로 흐르는 산골 물소리처럼, 또는 깊은 계곡을 휘돌아나오는 바람소리처럼, 그렇게 살아오면서 기쁘고 슬프고 아팠던 순간순간들이 모였습니다.

마치 색색의 물감이 어우러진 팔레트인 양 갖은 번뇌로 인한 여러 삶의 자욱들을 선보이는 것이 부질없는 일이긴 하나, 명멸하는 작은 불빛도 누군가에게는 또 다른 희망이 될 수 있으리란 기대로 시집이 나오게 되었습니다.

첫 시집이 나온 지 거의 이십여 년만에 처음 발표하는 셈이라서, 그동안 쓴 시들을 한꺼번에 모아 출간하려고 옛날 문학회의 지도교수님이셨던 조재훈 선생님의 시평까지 서둘러 받아 놓았습니다. 그런 다음에 출판사와 협의를 해보니 아무래도 분량이 지나치다 해서, 할 수 없이 이렇게 몇 편만 뽑아 인쇄하게 되었습니다. 말하자면 밭에서 한 광주리의 상

추를 뜯어오기는 했어도, 조그마한 식탁에 올리다보니 싱싱한 이파리만 조금 접시에 담아낸 격이라 할까요.

　모쪼록 다소 많은 분량의 부족한 시 원고들을 바쁘신 와중에도 두루 읽고 해설하느라 애써주신 조 교수님께 감사의 합장을 올립니다. 또한 그 시평에서 언급된 시들을 위주로 몇몇 시편들만 뽑아서 보기 좋은 접시에 알맞게 놓아 식탁에 올려주신 우리글 출판사 관계자분들께도 진심으로 고마운 마음을 전합니다. 아울러 이 시집을 읽는 분들께 여름날 상추 한 움큼의 푸르름과 비타민을 전할 수 있다면 더욱 감사하겠습니다.

2010년 깊어가는 가을날
남산 토굴에서
혜조 합장

차 례

2부 물을 보면 흐르고 싶다

3부 층계를 오르며

4부 작은 귀향의 노래

1부
낮은 음으로

산

흐르고 흐르는
낮은 송구함으로
매일매일 높아지나니

이렇듯
산이 높은 것은
바다가 그립기 때문이다.

풀꽃

처마 밑 긋는
빗방울에
목을 추이고
마디게 마디게
꽃봉오리를 피워 올리는
이름 모를 꽃,
설산에서 수도하던
싯다르타의 다부진
눈빛을 본다.
이슬에 목추이며
움쩍 않던
금강좌의 뿌리가
오늘 해동 땅
연진암 법당 앞에
솟았다
동녘을 향한 화단에
자금빛 광명으로
피었다.

편지

그리움처럼

푸른 물띠 헤치며 살지.

햇빛 아래

잘 마른 풀 빨래처럼

화사한 기다림에

서걱서걱

눈 베이며 살지.

그림자놀이

축축한 황토 길을 지나
도랑을 건너고 시멘트 계단을 올라
몇 번인가 버스와 트럭에도 치이고
하얀 찔레꽃에 안기어
붉은 핏방울을 듣다가
더러 수집은 인어아가씨로
부끄러워 부끄러워
달빛이 너무 뜨겁군요
스물스물 검은 아메바처럼
바닷속 물을 헤엄쳐다니는
그러나 이제 저녁 눈매만치나 편안한 얼굴로
언덕 우 소나무 가지에 걸쳐 누워 있는
창백하게 아름다운 나부,
네년을 잡아먹을까 부다.

꽃밭 속에서

그대, 마지막 작별도 없이
유언처럼 남은 배신마저 없다면
나는 무엇으로 살아야 하나.
꽃은 흐드러진 그대 웃음처럼
흠뻑 피었는데,
그대 어디 가고
꽃만 웃다가
우는 듯 웃고
웃는 듯 우는가.

망초꽃 향연

보리밭둑 언덕 너머로
서산 해 곱게 빗질해 넘기자
성미 부른 샛별
어느새 등불을 켜고 나온
이른 저녁이었다고

바람은 연신 부드러운 입술로
사정없이 아랫도리를 후리고
저만큼 키 큰 미루나무
등신불로 섰던 어귀쯤의
푸른 풀밭이었다고

무엄무엄 피어나는
혼불의 외침이었다고
재워도 잠재워도
미친 듯이 지저귀던
새들의 저녁 만가였다고

해진 속치마 끈처럼 흔들리던

내 스무 살의 망초꽃은
너울너울 짓무른 향내였다고
그렇게 처연한 외로움이었다고
하마 향기로운 아픔이었다고

보덕사 가는 길

엉겅퀴 붉은 향
한 줌과
멀리 흰 구름
떠오르는
산마루 너머로
나는야
신이 나서
산비탈 밭언덕
누런 수건 하나
질끈 동여매고
주름살 깊이만큼
고랑고랑 밭 매는
할매의 식은 밥
한 덩이만으로도
나는야
넉넉해라.
논둑길 언덕에
바람처럼 피어난
하얀 밥풀꽃,

가난에 떠는
조선시대 어미들의
때절은 행주치마처럼
흔들리는 꽃대궁 사이로
나는야
벌거숭이 되어
임 찾아가노라.

봄 1

어둠의 뿌리는
어디에 있는가.
이 깊게 깊게 솟구쳐 오르는
훗훗한 대지의 맥을 따라
날선 곡괭이,
더운 숯불로 피어나
겨우내 닳아지지 않은 깨끗한 속살로
그대 얼굴
화안히 비추는 것을.

설거지를 하며

따수운 이밥 한 그릇과
구수한 아욱국 한 사발의
생존을 위하여
하루 일 마치고 오는 이들의
피로한 저녁 한 때의
즐거움을 위하여
부지런히 먹을 것은 먹히고
씹히고 소화되어
남아있는 것은
시멘트 부뚜막 우에
다북이 쌓여있는 빈 그릇들 뿐인가.
이제 서둘러 해야 할 일은
씻어내는 일.
점점이 하룻내 쌓여온
그 설움의 흔적일랑
모두 이리저리 뒤섞어
수채 구멍 속에 퍼부어버려라.
흐르고 흐르다
가라앉을 것은 가라앉고

끝내 흐를 것은 흘러
바다에 이르도록
새로이 가셔낼 것은 가셔내고
토할 것은 토하게 하라.
또 다른 한 끼니분의 소멸을 위하여
밤새 비어있는 깨끗한 얼굴로
꿈꾸고 기도하게 하라.

시를 위하여

벌거벗었소
당신 품 안에서
내사 다홍빛 저녁노을로
스러져도 그만이지만,
그대 여리고
아린 입술
때로 미치고 싶은 것을
누가 죄라 하는가.
거부하려 해도
근데 자꾸 눈물이 난다
자꾸만 토하고 싶고
끝없이 죽고 싶다
그대
나의 한계를
분명히 인식케 하는
아름다운 슬픔아!
그대를 안으면
나는 자꾸 벗고 싶다
그대에게 안기면

나는 나를 버리고 싶다
깊은 밤
현란한 꽃밭 속으로
신랄하게 일어서는 살의를
숨겨진 비애를
꽃날처럼 섬세한 절망을
잔인도 해라
누가 파계라 부르는가.

아침 안개

새벽녘 산 골마루
자욱한 안개

걱정 많으신
옛 고향 어머니의 한숨

무명베 찢어지는 낮은 저음으로
아침 해가 솟아오르면

다리 정강이부터
걷어 올리는 세상이

모송모송
눈이 부시다.

오월

미루나무 잎의 낮은 떨림으로
연신 호흡이 가쁜
뜹뜨름한 초여름의
늦은 사랑을 싣고

감꽃 떨어지는 오월
푸른 바다 빛으로 열리는
하늘 가장자리마다
먼 기억의 잔물결

눈물처럼 섬섬히
바람이 분다.

오월의 산

오월의 산은
포골포골 김 오르는 밥솥이다
겨우내 비어있던
시커먼 아궁이 속으로
까막까막 목숨 태우던
실낱같은 그리움의 한 소절
이리 진한 사랑으로
더운 김을 뿜어내며
시방도 가지 끝마다
포골포골 끓어오르고 있다.

기다림

햇살이 자주 쉬어

엉치 문드러진

상록수 그 중 큰 이파리 하나

고개를 숨기고 있다

자목련

어느새 겨울 이부자락 헤치고
새살 드러내놓았나.
뽀얀 속내
꼬옥 여미다
터질듯 부풀어 오르자
벙긋이 부끄러운 줄도 모르고
가슴부터 열어놓는
울 너머 큰 애기
귀볼까지 금새 붉어진 것을.

2부

물을 보면 흐르고 싶다

봉정사에서

푸른 산
멀리 날아
이마로
하늘 가리우고

멀리 사람의 마을에
신열 앓는 기다림인 양
하나 둘씩
등불이 켜지면

물속 깊이
처박힌 산마루
물구나무로 서서
어둑어둑 토하는 예불소리

낙화

꽃가루 날려서

눈물 난다던

그리운 옛 사람의

꽃내 나는 이름 위로

서러운 세월의 잔해가 흘러

떠도는 목숨의 내실內室마저

분분한 혼사위 속으로

아득히 멀어진다

비 오시는 풍경

숲에는 바람이 일고
은회색 물고기 비늘처럼
빗방울이 팔딱거리며
장독대 위에서 뛰어오르는데

진초록 고뇌를 씹듯
빗방울이 이파리 새로 너풀거리며
도심의 아스팔트 포도 위에서도
눈부시게 살아 퍼덕거린다.

차茶

푸른 바다가 보이는 듯 했다
가끔은 빗물에 씻긴 초록빛인 양
서늘하도록 외로움이 깊어진
그대 양미간 그늘에
섬처럼 떠 있는
향그런 고독을 마신다
우주의 숨을 마신다.

강물

물을 보면
흐르고 싶다
속푸른내 강물 어귀쯤
젖어드는 삭신을
겨울햇살에 펴 너르고
살얼음의 예리함
표표히 담아
멀리 두고 온
인정을 껴안고
애인의 넋이 되어
흐르고 싶다
흐르고
마저 흘러
사람의 마을
그 진한 어둠속의 그늘도
말없이
씻어주고 싶다

안개 속에서

백사白蛇로 둘러쳐진 산마을
안개 낀 강내는
헤쳐도 헤쳐도 보이지 않는
여인의 감춰진
그곳이다
깊은 못에 음영 드리우듯
신령스러운 메아리가
꽃으로 되살아나는
오묘한 소생의 장場,
대지의 둔탁한 심장을 바수고
산산이 부서져 피어오르는
알몸의 서툰 고백이다
질긴 목숨이다.

비의 소묘 1

차창으로 듣는
빗방울은
그날 공원에 피어나던
무수한 벚꽃이다
노을빛 무참스레 타들던
흥겨운 가락이다
바위틈 진작진작
숨어 피었다지는
진달래꽃 서러운 향내
피터지게
배곯은 외침이다

바다

뭍에서 살아 바다를 그리는가
마른 나무껍질의 거친 앞가슴 자락을
헤치고 달려 나온 바람.

태양은 저어기 밀물의 바다 끝에서
붉은 홍역 앓는 아이의 몸살로 차오르고
뉘엿뉘엿 저물어가는 물살 아래로,

첫날밤에 찢어지는 생채기
우렁우렁 밟히며
역사가 포개어지는

저건 침묵이 흐르는 소리다
죽음이 뼈를 깎는 투쟁이며
외로움이 제살을 물어뜯는 반역이다.

바람의 노래

화장터의
타다만 유골이
빛처럼 남은 저녁

몸에 밴 송진내처럼
쉽사리 털어내지도
씻어버리지도 못한 채,

허공처럼
보이지 않는
몸짓이라도 고이는 양

찔레꽃
하얀 울음만
소복소복 날린다.

분수

솟구쳐 오르리라
온몸을 투항하여 바라는 것은
티 없는 열정일 뿐,
높은 게 좋아서가 아니야
다못 드넓은 하늘이 되고픈 까닭에
애써 미친 꿈 하나
못내 처연히 타오르고 있는 거지.

가진 것은 아무것도 없지만
온몸으로 소리치는
생명 하나만으로,
바람도 어쩌지 못하는
수직의 몸부림이
불길처럼 뜨겁게
솟구쳐 오르고 있는 거지.

소낙비

하늘과 땅의
미묘한 설렘

눈인사로 반짝이다가
구름 같은 망상 일자

무명의 잠 일깨우는
장군죽비의 서늘함으로

늘씬하게 매 맞아도
싸다 싸!

소양강에서

동승의 푸른 이마처럼
반짝이는 햇살에

처녀애 속살처럼
무서운 강,

눈 부비며 찾아온
새 한 마리

잠시 둥지 틀듯이
지는 해를 넘기고 있네.

어떤 우기雨期

장마를 알리는 비가
보슬비만큼 수줍은 얼굴로
밤 사이 몰래 내리고 있습니다
대지의 수분을 증발시키고자
아침 해님이 슬쩍
눈을 감고 다림질 하다가
산허리 가득 안개를 풀어놓았습니다
이윽고 심술궂은 바람이
출렁이며 노를 타듯
눅눅한 기타 줄의 안개를 걷어 올리니
시르즉~ 드러나는 대지의 알몸
아아, 여기가 극락세계 맞나요?

어머니

동 트는 새벽 언저리
산마루 언덕을
넘어가 보라
거기 고향 동구에서
불어오는 만년의 바람.

새도 되고
바람도 되고
구름도 되었다가
더러 물과 만나면
물과 함께 흐르고,

적과 만나면
적과 함께 서면서
멀고 먼 대륙의 숨결로
낮게 낮게 이윽히 젖어오는
시린 살내음.

가을 햇살의

따갑게 파고드는 문 빗살로,
칠흑의 어둠 속
행여 문 빗살로 살아
환하게 피어오르는 향내음.

그 빛의 맨 나중
새까만 어둠의 자리.

여름 단상

물 위로 떠 있는
수련의 꽃대를
금붕어 몇 마리
툭툭 건드리며 간다.

꿀벌은 연신
꽃술을 솎아대는데
처마 끝
풍경소리,

분수처럼 부서지는
햇살에 놀라
퍼드득 비늘 한 점
떨구고 날아간다.

폭풍

쓰라리고 쓰라리다가
미처 죽지 못한
청상의 미친 혼 하나
돌무덤 사이
무성스레 머리 푼
이끼로 자라
미루나무 무성한 꿈을 안고
밤새 파도소리로 운다.

3부

층계를 오르며

가을 1

바람이 일어나

더욱 높아진 하늘가의

누런 논밭 가상이로

수렁을 지키는

햇살이

졸음에 겨워

턱이 땅에 까지 닿는다.

가을 소묘

벼이삭 훤칠한
고갯마지
구름 가듯
산 그림자 흐르고.

흐르다 지치면
꽃등 달린
감나무 가지 끝에
누워서 구르기도 하고.

노을보다 이쁜
출출한 살내에
콩깍지처럼
훌훌이 옷을 벗기도 하고.

능금

엄니 젖내
주렁주렁
고이는 햇살

유년의 강
멀리 따라온
슬픔

한풀 또 한~풀
노을처럼 벗겨지는
여인의 알몸

섬섬이
익어 물든
연붉은 살내음.

조카

얼굴이나 몸뚱아리
어디를 핥아보아도
향기로운 것이,
어디 향수병 속에라도
포옥 빠졌다 나왔는가.

꽃망울 붉수레 수집은
화원과 같은 얼굴이여!
가슴 속에는
눈 시린 바다가 출렁거리고,

작은 손마다
깨끗한 실밥 한 가닥 풀어
빈곤한 시대의 새 옷을 뜨개질하는
우리들의 빛나는 약속이여!

마당을 쓸며

아침 햇발 가지런히 드리운
도량 안마당에
설풋하게 내린 눈.

곱게 머리 빗어 넘긴
얌전한 새댁 같은 차림새로
마당을 빗기면

햇살도 따라 눕고
바람도 덩달아 누우며
하늘마저 어울려 눕나니,

묵은 때를 벗기듯
오랜 인연의 향기를
진언처럼 푼다.

산에서

산정에 올라서면
세상은 눈빛마저 멀어지는
아득한 저승이다.

아 말없이 흔들리는
솔잎 고운 새순에 입 맞추고
젖은 눈 쉬고 싶나니,

샘물처럼 차오르는
끝없는 그리움에
햇살이 아프도록 환하다.

섬

비가 내리는 토굴에
달팽이랑 지렁이가
흙이 패어져
함께 떠내려가다가
잠시 비를 그으려는 듯
부엌으로 피해 들어왔네.
온통 물안개 속에
잠겨버린 세상에서
홀로 떠 있는 토굴이 주는
편안하고 홀가분한 자유스러움과
넉넉하게 자조적인 외로움도
손잡고 같이 들어왔네.
고요와 고독함이
적절히 배합된
감미로운 저음의
아쟁 산조가락으로
뒷산 돌배나무 잎들의 수런거림도
덩달아 밤새 들어왔네.

시에게

시를 쓰고 싶네
미치도록 푹 죽고 싶네
아랫도리 흠뻑 젖도록
사무치게 욕정을 일세우고
가장 순한 얼굴의 그녀를
낱낱이 핥아주고 싶네
출무성거리는 젖내
약 오르는 엉덩이를
불끈 솟는 불두덩의 정직함으로
안아주고 싶네
온몸 구석구석 깨물고
앵도빛 가슴 여물어 터져
이가 시리도록
빨아먹고 싶네
그예 정말로 새끼까지 배고
은하의 별빛보다 예지에 찬
총명한 애새끼들,
압록강과 두만강
또 금강 백사장의 모래알만큼

온 우주 속에 송송히
까질러놓고 싶네
어미 애비 없이도 저들끼리 잘 크고
게다가 얼려 시집가고 장가갈
슬프디 슬픈 부처의 살들,
실컷 실컷
두들겨 패주고 싶네.

시여,
존재를 위한
이 땅의 슬픈 신앙이여!

아버지

당신의 심장은
어느 문지방 틈서리
뽀오얀 먼지로
세월에 타듯 바래졌으나

당신의 아픔은
그 많은 형제들
둘러봐도 보이지 않는 빈자리 지키며
메마른 북소리로 울려오시나,

당신의 사랑은
온 겨울 얼어터진
흙더미 아래의
마늘뿌리처럼 여물었네요.

이제 당신의 언어는
깊게 패어진 주름살
그 고랑과 고랑 사이에
맑은 냇물 하나 흐르게 하시고

물속을 헤엄치는 물고기의 싱싱한 지느러미처럼
여기 암울한 시대의 바다에
빛나는 이정표 하나
꽃처럼 피어나게 하세요.

열반절에

가장 아름다운 목청으로
넘어가는 서산 해,
붉디붉은 꽃빛
사랑한다고
사랑한다고
고백했네
모두 거짓이라고
속삭이면서.

이별

그 많은 햇살
숲속 댓자리에 묻어두고
낙조에 지는 어둠을
새하얗게 차오르는
침묵의 바다를
슬픔처럼 오래 배이도록
쳐다보았소.

저녁노을 속에서

노을이 저만치
비껴져 가면 느끼지
바람소리보다
먼저 들리던 향기를

푸른 물방울
첨벙거리던
어린 기억 속
더듬더듬 피어나던 풋내음을

보릿고개 쉬잇 쉬잇
견디며 흐르던 옛 할미의
호롱불 심지 곁으로
시름 들던 묵은 세월의 내음을.

층계를 오르며

바람이 불고
날이 흐리다

나는 외로워서
층계를 오른다

하늘이 낮아지고
바람이 부는 날은

이리 저리 떠돌던
예감이 응집하는 날,

새롭게 분출하려는 젊음이
삭아진 폐허 속

새붉은 노여움과 같이
살아 오르고

일상의 발자국에서 떠나고 싶어

나는 층계를 오른다

오르고 또 오르다
뒤돌아보면

현실의 밑바닥에서
움쩍 않는 자신이

처참스레 끔찍스러워
몸서리 치도록애

창밖을 보며
다시 층계를 오른다.

태고사

발밑의 낮은 구릉들

손잡고 달려와

신새벽마다

합장하고 읍하여 서 있는 도량.

풍경소리

먼 기억
아스라한 풀빛 가득한 꿈에
지렁이 속 늦은 어둠이
바다 소리로 누워
산사의 풍경소리 울리면
호독호독 깨어나 운다.
혼불 가장자리 돋는
뗏장의 뽀얀 슬픔을 타고
목이 터져라 운다.

화개사

소쩍새 울음 자옥한
화개사 뜨락에는
꿈결처럼 쪽빛 바다가
안마당 눈길 닿는 곳마다 펼쳐져
휘파람새 울음이
출렁이는 파도처럼 노를 저으면,
뽀얀 배고픔으로
만조바다 가득한 부처님 말씀마저
뭍의 설렘으로 반짝이누나.

마주보는 석모도의
앞가슴 언저리로 아침놀이
젖내 풍기듯 번져오면
도량의 자목련조차
늙은 해송의 송홧가루에
분단장하느라 분분하고,
모란은 정처없이 구름처럼 피어
불두화의 섬세한 얼굴
달이 뜨듯 피었다 지누나.

4부

작은 귀향의 노래

겨울 문턱

어릴 적 운동회 날
여기저기 가을 햇살
따가운 사랑을 수줍어하며
몰래 꽃밭 속 그늘로
숨어들었던 바람처럼,
하늘이 펄럭
잿빛 가슴의 천막을 드리우고
시인의 서늘한 눈매
그 너머 저음으로 타는
곡조를 드리웁니다
첫눈이 내리겠어요
이제 내부의 동화소리에
귀를 기울일 때이군요.

시선

푸른 못물
하얀 개구리 울음
개망초 하나 피어나고

못물에
얼 비낀 하늘
바람결 스사로 흘러

거기
잊혀진 마을의
옛 전설처럼

조만조만
가재발 오므리며
물잠뱅이 헤집는 산골에

저물녘 석양의 붉은 가슴팍으로
드만드만 떠오르는
초저녁 별 하나.

반룡사

꽃가루 날리듯
하얗게 부서지는

개구리 울음 가득한
미숭산 반룡사에는

저녁예불 따라
노을이 지고

솔잎내 묻어나는
바람이 불다

그리움처럼
별이 돋는다.

봉정사 가는 길

여름날의 어지러운
호흡도 스러져가는
저물녘에

풍경소리만
마디 높게 울리는
늦더위에

매미소리
흐르다 멎는
숲길에

은사스님 안부 여쭙고
서둘러 내려오는
산허리에

메아리처럼
울컥울컥
싸릿꽃 피었더라.

빗소리

울림 좋은 양철지붕이나
멋스런 처마의
향수어린 기와지붕도 아니지만
도심의 낡은 고시원빌딩 안에서도
비 오시니 들린다
만유에 평등한 빗소리.

딱딱한 시멘트 회벽 안에선
오히려 빗물소리조차 여물어
산속에서보다 더 잘 들린다
이루지 못한 꿈처럼
배고픈 허기처럼
쉬지 않고 들리는 빗소리.

산을 찾아서

산이 날 부르고 있는 걸까
내가 산을 꼬이고 있는 걸까
산은 강을 넘지 못하고
강을 넘어도 나는
산을 찾지 못한 채,
목 메인 울음만
빈 나뭇가지 꼭대기
어두워오는 산그늘의
포도빛 숨결로 남아
깃발인 양 펄럭이고 있다.

서광꽃

변소깐 뒤란의
색 바랜
색종이처럼

겨울햇살만큼이나
창백한 몸짓의
노란 서광꽃

돌아보지 않는
시선이 서러워
마냥 서 있다

늘 허기진 사람처럼
배가 고프기만한
서울 하늘 복판이

하도 추워서
하염없이
서 있다.

소리

불문에 들어와
흐르는 물
풀벌레 울음,
또 지저귀는 산새랑
푸르른 목탁을 닮았다고
하늘처럼
텅 빈 시선을 닮았다고
어린애 젖을 찾듯
마냥 좇아 달려갔지.
한 십년 산속에 묻혀 살다보니
나뭇잎에 고이는 빗물
스치는 가을바람
밝은 달빛 한 줄기랑
대숲에 눈 내리는 고요,
저어기 또 하나
윤회의 업보
그 서러운 향기까지도
전부 한 소리로 흐르데.

수타사에서

홍천 수타사
신라 원효스님의 손으로
모셔진 부처님은요
시방도 본래 청정
여여如如하신 빛 나투시며
산길 돌아드는 물살
지혜로 흘러
옛 고향 노을 속
화안히 비추시는데요
바람결에 스사로
극락조 울음도 출렁거리네요.

시

푸른 고향이다
햇무리 놀지는
들녘으로
거름내 물씬스레 묻어나는
인심 좋은 막걸리다
칡꽃 홍홍히 누른대는
헤픈 가시내 젖내다
진무른 사타구니에
땀띠약 발라주시던
못생긴 엄니 분내다

토끼눈처럼 밤새 울어도
끝끝내 잃어버린
꽃신이다.

쑥부쟁이

6월 초순
이른 장맛비 아래
쑥부쟁이 넋이 살아
들녘 가득 흔들리고 있더군.

마디게 실낱 부풀리며
연보랏빛 회상에 젖어
출렁이는 슬픈 기억이
바람에 까막까막 목숨 태우고 있더군.

이별을 위하여
피어나는 절망은
축복인가 배신인가
차라리 무념무상인가.

외로울 때 타협하지 못한
혁명가의 긴 슬픔이
강 언덕 자욱한 고뇌로
거듭거듭 자라고 있더군.

어떤 날은

빛이고 싶었어
그냥 울분이고
피울음이고 싶었어.

온밤내 잠 못 이루는
겨울바람
그 모진 얼굴이고 싶었지.

햇살에 반짝이는 사금파리처럼
그대 붉은 심장 겨누는
날선 비수이고 싶었어.

먼 산 승냥이 울음
고향 어귀의 하얗게 피어오르는
기적소리로 들리던 날 밤,

사랑하고 싶었지.

옛터

석양을 닮은
풍경들 사이로
마루턱에 올라서면
시나브로 젖어드는 향내처럼
감실감실 어둠이 퍼지고
주인 없는 산사에는
빈 바람소리
꿈결처럼 모란이 피었다 지고.

잔디를 태우며

겨울 대지에 불을 지핀다
스산한 2월의 뜨락에
이미 팔십 노파의 베옷처럼
한평생 억세고 질긴
배고픔으로 흐르는
긴 언덕의 뼈 울음.

그들의 오랜 방황과 뒤척임이
닫힌 대지의 가슴에
분분한 안개로 흐르고
모든 행장을 여비한 세월이
일렁이는 불꽃을 헤이며
몸이 아프다.

서글한 배신의 도포자락
한 끝 나풀거리는 안개 위로
점점이 벌떼처럼 살아 오르는 추억들,
매디매디 부딪히는 작은 귀향의 노래가
무너지는 강둑의 사랑과 절망의 늪을

시릿시릿 보듬고 있다.

이윽고 까만 초토焦土의
초강초강 빗살쳐 나르는 말씀들이여,
강 언덕으로 다투어 기어오르는
기다림의 보이지 않는
씨앗들이여,
씨앗들이여!

시론詩論

시詩는 모다 도망가 버렸나
폭포처럼 시원하고 정직한 목소리
이 시대의 살아있는,
단단하고 어둠 속에서도
빠알간 꽃을 피어
빛나는 시.

제비꽃처럼 작고 깜찍한 거
물에서 막 건져올린 물고기비늘처럼 파닥이는 거
야생마의 갈기처럼 싱싱하고
어린이 눈처럼 투명한 거
푸른 예감이 번뜩이는 거
번개불처럼 타오르는 거

고갱이속처럼 붉고 단단한 거
봄비처럼 촉촉이 스며들고
오랜 옛벗처럼 친근하고 다감한 거
혁명처럼 굵고 힘있는 거
치열하게 리얼한 거

또 또
첫사랑처럼
두고두고 맘 켕기는 거.

만가輓歌

어머니
오늘도 살아
저녁 해를 보아요.

포플러 잎
노을빛 바람에
볼 붉은 수집은 아씨로 마중 나오고,

억새풀 우거진 사이로
논둑에서 빔새 허옇게 드러나는
개구리 울음이랑

아직도 그 무덤가에 넘쳐흐르는
그니의 눈물,
오오 그 짜운내에 몸서리치면서

나는 또 살아
어머니,
아침 해를 볼까요.

들녘 가득 눈부시게 피어난
망초꽃의 긴 행렬 사이로
그니의 혼령처럼 펄럭이는
붉은 만장을 볼까요.

5부

걸어도 닿을 수 없는 거리

겨울

시누대 가득한 울음

눈은 내리고,

법당 위 까치 한 마리

배고프다 우는 저녁.

경칩

이리 온 새벽부터
누가 마실을 오나?
한두 명도 아니고
수런수런
안마당 가득히
온 도량 떼로 몰려들어
겨울 살림
다 때려 부수려 하네.
새순도 마저 일어
옥옥히
금이 가네.

故박종철 군에게

오지 않는
아직 오지 않는
봄을 위하여
너 기어이 피를 뿌리고
가는구나.

어화, 어화
꽃다운 목숨
질긴 새끼줄에 묶이어
차가운 시멘트 바닥
철창 속에서

한 줌의 재로도 가지 못할
네 서런 푸르름이
한반도 마디마다
우렁우렁 밟히며
가는구나.

빗물이 피가 되어

내로 흐르더구나.
네 차운 가슴 묻던 날
강물로 바다로
흐르더구나.

다시 삼월에

에이는 살의 아픔에
숱한 밤 뒤척이며 잠 못 이룰 때
그대 등 뒤에 서서 우는
핏물 밴 하늘을 기억하는가.

빈 소주병만 황량한 겨울의 모서리를 지키고 있나니
영하의 정치 일선을 따라
삼월의 봄은
차라리 반역이다 모반이다.

이 겨울의 끝자리에서
떳떳이 새 옷을 갈아입을 수 없는 우리는
봄을 노래하면서
봄을 배신하는 비겁자이다.

봄은 참으로 위대한 것인가
차라리 욕스러운 것인가
사금파리처럼 날선 빙판 우를 걸어오고 있는 봄은
천만 번 삼월의 함성을 도려내고

도려낸 만큼 뒤엎고 있나니.

누구인가
잠긴 빗장을 톱질하는 자
미명의 신새벽 뚜걱뚜걱 말 달려오는 자
해방의 기치 팽팽한 활시위를 매기어오는 자
다시 삼월에.

봄 2

아, 미치고 싶구나
햇살 퍼부수는 미신 헹가래에
또 한 차례 약기운이 돌아와
백치처럼 순진한 가슴
맨얼굴인 채 달아오르는 형벌로.

아, 취하고 싶구나
최면술 환자처럼
사랑도 의식도 민주화도
한 번쯤 절망의 늪에서
역전하는 승자의 꿈으로.

아, 방황하고 싶구나
속내의 속에 끼어들어간
까슬까슬한 지푸라기처럼
자꾸 고갯짓하는 심둥건둥한
역마살의 두런거림으로.

비 오시는 날 2

하늘이 낮아지면
들린다
잊었던 동무의 노래

개울가를 따라 들던
나무와 나무 사이의
비밀한 속삭임

땅 밑으로 숨어 깃든
수줍고 부끄러웠던
지난 날 삶의 욕망마저

빛깔도 없고
표정조차 없는
담담한 몸짓으로

마을 지붕 위와
바위 틈새 이끼 위로
거리의 차도 위로

꾸물꾸물 굼벵이 얼굴로
살아 기어오른다
지난지난 지나서 간다.

새봄

햇살이 환하다
몸이 아프구나
겨우내 환생을 꿈꾸던
너의 거리에도
자작나무 물오르듯
차오르는 사랑 있어,
샘물처럼 새롭게
재차 가슴을 적시는
차운 열정이 남아 있었구나.
그러니 떠난 것은
돌아올 수 없기에
아름다운 것.
죽어간 것은
되살아날 수 없기에
서러웁도록 그리운 것.
새잎파리 층층마다
밀려오는 그리움,
처녀의 새 살갗으로 새파랗게 돋아나는
이별 아닌 이별로 출렁이는 환희.

오월의 시

1.
녹슨 철망을 닮아가고 있었다.
지리한 회색 담장 안의
붉은 꽃들이 지고
소쩍새 우는 밤이나
개구리 하얗게 피를 토하는 밤에도
하늘이 벌렁 뒤집히어
꾸물꾸물
춤을 추고 있었다.
모든 살아있는 것들의 피를 마시기 위하여
그의 정기로 힘차게 독을 내뿜기 위하여
차가운 금속성의 울부짖음으로
어둠과 간음하고 있었다.
그들의 비릿한 정액냄새를 풍기며
묻어나오는 칙칙한 죽음의 얼굴에는
벌써 곰팡내가 물씬 배어 있었고
비에 젖은 음습한 침묵이
불안스레 흐르고 있었다.

2.
기관총은 흐느끼고 있었다.
내가 왜 맨발의 저들에게 바빠야
하는지 그 이유를
그는 몰랐다.
그는 모르고 땅도 알지 못하여
내가 왜 서러이 홍수처럼 쏟아지는
붉은 피를 곤욕스레 빨아야만
하는지 그 이유를
그는 몰랐다.
그는 모르고 하늘도 알지 못하여
내가 왜 떠도는 중음신들의 혼백을
저승문이 비좁도록 들이맞아야만
하는지 그 이유를
그는 몰랐다.
그는 모르고 나무도 알지 못하여
내가 왜 가난한 이들을
후려치는 방망이가 되어야만
하는지 그 이유를

그는 몰랐다.

그는 모르고 강물도 알지 못하여

내가 왜 사태져

무더기로 떠내려 오는 철쭉꽃을

목이 메도록 마셔야만

하는지 그 이유를

그는 몰랐다.

그는 모르고 바람도 알지 못하여

새도 태양도

알지 못하여 못하여…….

3.

하늘이 푸르고,

그러나 그것은 핏물 밴 대지의

서러운 반동이었다.

흰 저고리 앞섶마다

봉숭아 진한 꽃물이 들고

영산강 굽이굽이

노여움과 수모의 붉은 노을로

불붙는 싱싱한 약속이었다.
서툴게나마 마지막까지 미워할 수 있는
무구한 사랑의 심지를 위하여
때로 진실이란
죽음과도 친근한 것.
끝내 거부할 수밖에 없는
거부할 수밖에 없는
우리들의 단단한 사랑이었다
시작이었다.

전봉준

무덤가에 모여든 바람소리
호롱불 펄럭이는
문풍지 우로
혼이 울고,

얼룩진 가슴 우로
고운 재에 묻히어버린 기억 속으로
역사의 긴 페이지로
비가 오는데,

이승의 자리에도
흥건히 고여 있을 당신의 피.
그 옹골찬 한의 정수리에도
비가 오는데,

이승에서 흘리는 눈물쯤이야
한갓 푸른 하늘의
구름 조각으로
날려 보낼 수 있으리.

그래도 못다 운 그리움이면
흐르는 강심의 깊이에나 던져버리어
무심결 흐르는 강물 따라
마른 풀뿌리 적셔주고,

가슴에 노란 풀꽃 피우며
제 몸살에 겨워
영근 살내 짓이기며
살아 오르리.

꿈

그림책을 펼쳐보다
잠이 든 네 살배기는
무슨 꿈을 꾸고 있을까.
구줄구줄 비 내리는
초여름,
맨 땅에서 뛰어놀지도 못하고
동리 친구 하낱도 놀러오지 않는
축축한 방 안의
한 모퉁이에 모로 누워
꿈 속 가득
햇살을 들여놓고
북쪽 하늘 밑의
눈 큰 아이들이랑
욕심껏 죄다 불러 모아
알몸으로 게헤엄치며
물장구치고 있을까
소꿉놀이 하고 있을까.
금강산 우로도 날아보고
한라산도 넘으며

할아범 센 머리칼에 올올이 박힌
그리운 만주땅까지 건너건너,
목이 마르면
압록강 푸른 물 들이마시고
배가 고프면
제주도 해초를 뜯으며
하루 온종일 뛰어다녀도
지치지 않는
단단한 동정童貞 하나로,
산괭이 수염처럼 껄끄런
휴전선 뽑아버리고
불붙는 산천의 더운 가슴을
무심결 키우고 있을까.

들 가운데에서
– 다시 4월에

그리운 것은 몽땅 그리워하자
들판에 서면
살아 있는 것은
숨 쉬고 일렁이는 것만이 아니다.
4월의 무지랭이 호미 끝에도
죽어간 옛사람의 넋이 꾸무럭 일어나고
메마른 흙가슴 우,
그날 솟구친 피의 함성이 일어
들판에 서면
새붉은 꽃이 피어나는 까닭을 알겠거니,
옛날이 오늘로 되살아나는
들판에 서면
잃은 것과 얻은 것이란
아무 것도 없구나.

맨밥을 씹으며
– 故정영상 시인을 생각하며

못난 것이 신경만 날카로워서
걸핏하면 염증이 도져
속이 쓰리다.
음식 냄새만 맡아도
그릇만 보아도
울렁울렁 토하고 싶고
사람들 많은 광장에만 들어가도
역겨움이 구토증을 동반한다.
얼마나 더 버려야
멀미증이 쉬려나.
얼마나 더 토해야
오만한 사치가 가라앉으려나.
맨밥을 오십 번 이상 씹으라는
약사의 권고에 따라
흰밥 한 수저 담아와
애기들 장난감 수저로
겨우 한 모금씩 입에 물고
씹고 또 씹어
늘펀한 밥물이 될 때까지

학원 독서실 한 켠에서 끼어먹는
점심, 이 공양
오늘 눈물겹게 받으며
정영상 시인의 속아픔을 생각한다.
나보다 더 칠푼이로 못났던 이
세상의 꽃잎보다 여리고
향기 고운 사람의
추운 저녁 한 때를,
많이 아프고
속이 쓰렸던
고뇌에 찬 젊은 예술가의
삶의 자락들을 헤치며
못난 자는 그래 늘
속이 아프다는 그의 病을
따라 앓는다.
해직교사의 뼈아픈 신념과 설움을
함께 노래하고
아이들을 향해 올곧았던
그의 순결한 눈망울을 떠올리며

어인 일로 방울방울
그리움이 흐르는가.
소처럼 순직했던 교단의 소망
끝내 채우지 못하고
한밤중 내리는 눈처럼
몰래 떠나버린 그,
흰 눈의 차가움에 묻히어
불붙는 열망
어두운 땅속에 잠시 접어둔 채
오늘은 정든 고향땅
수수밭가에 와
떠돌며 우는가.

오래된 엽서

– 조재훈 선생님께

보고 싶으면
그 밤마냥
총총히 꽃바구니 달고 온
별을 보아라고 하셨습니다만
오늘은 보름달이 너무 밝아
모든 하늘의 잔별들은
행여 존재의 확인조차
불안하게 여겨지네요.

언제이던가요
영 너머 산마루
텃밭에 나와 앉아
멀리 마을의 저녁불빛 하나 둘씩
반짝이는 것을 내려다보며
시를 쓰면 좋지 않겠느냐고
막내둥이 달래듯
고만고만 말씀하시던 운율,

밤새가 울 때도 따라와 울고

풀잎 새록시새록시 물 차오를 때까정
끝에서 중간으로 중간에서 끝으로
바람의 귓볼 핥으며
달빛 헹구어진 계곡물
완만하게 돌아눕는 바위 등허리춤 새로
까막까막 졸린 눈 부비며
하낱도 시들지 않고 애써 찾아오데요.

첫눈

언 땅의
스산한 몸부림으로
서걱이는 모래밭과
자갈밭을 지나
머리에 흰 띠를 두르며
시위라도 하듯,
몇 고개의 산을 넘고
강을 건너
오늘은 돌아와 내리는
옛 사람들아.

한 해를 보내며

어머니의 한숨과
아부지의 주정이
향처럼 피어나는 밤.

뒤돌아보아도
낯선 얼굴이다
모르는 이름이다.

어둠 속에서 바람소리만
깃빌처럼 펄럭이며 살아나는
긴 고해의 터널.

걸어도 닿을 수 없는 거리,
끝끝내 만져지지 않는 살이요
차마 잃어버린 입술이다.

한밤에

산그늘이 내리면
어둠을 따라
무시로 옷을 벗는
산의 알몸을 그리다
나는 보았네.
겨울나무 빈 가지마다
신열 나게 별빛과 몸을 섞는
비밀한 애무의 몸짓을
하늘과 대지의
뜨거운 증언을
천지간의
사무친 고백을
공연스레 언 땅을 밟으며
밤새도록 얼음을 깨뜨려보아도
끝내 깨뜨릴 수 없었네.

집과 길 사이

조재훈 (시인, 공주사대 명예교수)

1.

　말로만 듣던 간월암看月庵에 간 적이 있었다. 1960년대 중반쯤이지 싶다. 지금은 고인이 된 어느 노老거사와 거기서 한여름 하안거 삼아 지내기로 작정하고 간단한 침구를 챙겨 등에 짊어진 채 찾아간 것이었다. 썰물 때를 기다려 그다지 길지 않은 바닷길로 섬에 닿았을 때 손바닥만한 도량은 밝은 햇살로 가득했다. 앳되어 보이는 사미니승 한 분이 불청객인 나를 보고 합장을 했다. 찾아온 사유를 말했다. 어려운 걸음을 했지만 안 된다고 단호하게 말했다. 아침결에도 공주에서 왔다며 노처사님이

117

찾아 오셨는데 그분도 그냥 돌아가셨다고 했다. 그러면서 아마도 개심사 쪽엘 간 것 같다고 했다. 그 스님께서 거절하신 이유는 간단했는데, 바로 비구니 도량이기 때문이라는 것이었다. 결국 할 수 없이 나도 돌아갈 수밖에 없었다.

그러나 가득 출렁이는 바닷물이 나를 막았다. 다시 썰물 때까지 기다려야 했다. 스물 안팎의 비구니 스님은 때가 되었으니 점심 공양을 한 뒤에 떠나라면서, 부처님 계신 방에다가 작은 상에 국수 한 그릇을 내오셨다. 국수도 국수지만 법당에 앉아 바라보는 바다와 그 물위에 수없이 반짝이는 햇살의 비늘은 참으로 황홀했다. 짐을 풀어 가져온 간식과 초를 놓고 절을 드린 다음 염치없이 공양을 마쳤다. 썰물 때는 아직 남아서 찬찬히 절 둘레를 둘러보았다. 절이래야 딱 한 칸이라 사실은 둘러 볼 것이 없었다. 그런데 보일 듯 말 듯 숨어 있는 작은 편액 하나가 눈에 들어왔다. 딱 두 글자가 쓰여 있었다. 그것도 초서로 써 있어서 무슨 글자인지 금방 알기 어려웠다. 잘 뜯어보니 '弓門'(궁문)이었다.

그로부터 한두 해 뒤쯤 경허 스님의 어록을 보게 되었다. 그 앞의 사진 자료 쪽 한 귀퉁이에 편액이 있었다. 그분이 득도하신 고북 연암의 천장암天藏庵이라든가, 잠시 주석하신 서산 부석의 부석사 등은 잘 알고 있었지만 간월도의 간월암이 그분의 개창 암자라는 사실은 그때에서

야 뒤늦게 알게 되었다. '릌門'은 한동안 내 숙제의 하나였다. 그것은 경허 스님의 불교적 속내를 모르고서는 결코 알 수 없는 것이었다. 동학사 강원에서 법사로서 날리던 이야기, 함경도 산골 마을에서 비승비속으로 입적한 사실 또 그 분 둘레의 법제자와 만공 등 덕숭산 법맥을 아는 데까지 알려고 깜냥껏 노력했다.

그 답은 뜻밖에도 계룡산에 숨어 있었다. 하나는, '궁窮'이었다. 이것은 정감록과 관계된 것이다. 험난한 세상에서 살아남을 수 있는 묘처가 그것이었다. 구멍穴 아래에 몸身을 쪼그려릌야 보신이 가능하다는 이야기다.

둘은, 궁窮은 궁색한 것이기 때문에 소박하고 가난하게 살아야 적 없이 척지지 않고 오래 살 수 있다는 것이었다. 정감록에 보면 인삼을 많이 가지고 있는 집은 반드시 망한다는 이야기가 있다. 고려말, 인삼으로 유명한 송도(개성)를 배경으로 태어난 비결임을 알게 하는 대목인데, 부패한 권력에의 한 경고라 이해된다.

셋은, 궁릌과 궁窮은 서로 통하는 자字라니까 궁극窮極에 도달한다는 의미가 아닐까, 그런 생각이었다. 그리하여 힘을 다하여 궁구한다는 뜻이 그 속에 담겨 있을 것이라는 것이었다. 위의 것들 특히 첫 번째와 두 번째는 어쩐지 현세부정적인 면이 짙어서, 불교와는 일정 부분 거리를 가진 것임이 분명했다.

정답은 아주 가까운 데에 있었다. 궁릌을 새김訓으로 읽

는 것이다. '활문', 그렇다. 이곳(차안)의 모든 소유를 '활활'
털어버리고 저곳(피안)으로 들어가는 문, 상相도 버리고,
습習도 끊고 활활 열린 세계로 가는 그 걸림이 없는 무애
無碍의 문이 바로 그것이었다. 나는 이 세상에서 가장 치
열한 절대평등을 추구하는 종교가 불교라는 생각을 갖고
있다. 그 경지를 체득하기란 지극히 어려운 일이지만, 그
것만 깨달으면 자유 그것도 대자유의 경지에 이를 것이
다. 그 경지가 바로 걸림이 없는 '무애'의 세계가 아닐까
싶다. 미숙한 중생의 거품 같은 한 생각일지도 모르지만
하여튼 그렇다는 것이다.

장황하게 이러한 이야기를 하는 것은 혜조惠照 스님의
시집 원고를 다 읽고 난 느낌 때문이다. 혜조 스님이 산
문에 입문한 지 어느덧 스무 해가 넘었다. 그 정진의 결
과가 어떻게 나타나고 있는지 궁금했다. 그의 시편들에
그러한 모습이 드러나리라는 생각을 머리에 두고 짧은
초겨울 하루 해를 보냈다. 혜조 스님이 원고를 보낸 것은
봄이 거의 지나갈 때가 아닌가 싶다. 오래 몸담았던 직장
을 떠나고 나서 나는 새장 속에 갇힌 새가 창공을 향해 날
아가는 느낌이었으나, 오륙년이 지나가자 세상과 담을
쌓기 시작했다. 신문도 TV도 보지 않고 그 대신 보고 싶
은 책을 골라서 읽고 하늘을 보고 강을 보았다. 나무나
숲, 특히 돌은 내 혈육 같은 느낌이 들었다.

글의 부탁을 받고 기쁜 마음이 들었으나 글 쓸 공간도

만만치 않을뿐더러, 비만 왔다하면 줄줄 여기저기 새기 때문에 정신차리기가 어려울 지경이었다. 할 수 없이 지붕을 며칠간 고쳤으나 냉큼 글을 쓸 수가 없었다. 혜조 스님을 너무나 잘 알고 있기 때문에 그런 것 같았다.

2.

혜조 스님을 처음 만난 것은 1983년인가 그랬다. 어느 날 내 연구실 문을 두드리고 들어온 학생이 있었다. 키가 훌쩍 크고 새하얀 얼굴을 한 여학생이었다. 그는 문을 열고 한 발짝쯤 걸어와 서더니, 다짜고짜로 시 좀 지도해줄 수 없느냐고 물었다. 너무나 당돌하여 그냥 바라보고 있자니까 무안했는지 그냥 나갔다.

그 뒤 학내에 '흔누리'라는 문학회가 있어 그 모임에 갔더니 그 학생이 앉아 있다. '흔누리'는 공주사대의 유서 깊은 '수요문학'의 후신이었다. 시대 상황이 좋지 않아 수요문학회가 타의에 의해 강제로 없어졌다가 그 고통을 정리하고 탄생한 것이었다. 그 당시에는 책임제로 지도교수가 배정되어 있어야 했는데, 나는 무슨 현실참여론자라 하여 요주의 인물로 찍혀서 할 수가 없었다. 그 학생은 왕성한 창작 의욕을 보여주고 있었다. 필명을 '오필리아'라 써서 거북살스럽게 느껴졌다. 퉁명스럽게 고치라고 말했지만 고집을 꺾지 않았다. 나중에는 '어린 예술가'가 그의 작품에 따라다니는 그의 이름이었다. 그는 독어

교육과 학생이었다. 독문학에서 배워야 할 것이 참으로 많아서, 더러 그쪽 공부를 열심히 하라고 자극을 주곤 했는데 내 말을 제대로 듣지 않는 것 같았다.

문학뿐 아니라 '금슬琴瑟'이라던가 하는 무슨 국악 동아리에도 들어가 활동했다. 발표회가 있다고 꼭 나와 달라고 하여 맘먹고 나갔다. 지금 시로 이름을 날리는 한문교육과의 이정록 군이 박拍을 치면서 진행하고 있었다. 그도 같은 문학회 회원이었다. 중간쯤에 합주가 있었는데, 중국에서 얼후라고 하는 깽깽이를 켜는 그 허우대 큰 학생의 모습이 보였다. 그 뒤로 그들의 공연에 가지 않아서 그게 국악활동을 하는 혜조 스님을 본 처음이자 마지막이었다.

그는 또 '불청佛青'의 중요한 임원이었다. '불청'은 한국불교 청년회의 산하 조직인데, 신앙도 신앙이지만 그보다 교리 연구에 더 중점을 두고 출발한 모임이었다. 지도교수는 사회교육과의 노교수님이었다. 성대 김구용 시인의 친형이었다. 경상도말의 억양이 인상적이었다. 그 분은 곤경이랄까 생사를 넘나드는 어려움 속에서 신심을 공고히 다지신 독실한 분이었다. 그 분께서 무슨 일 때문에 차츰 불교 모임과 거리가 멀어지면서 할 수 없이 내가 그들과 가까워지게 되었다. 그러나 왠지 김교수님 때의 일은 기억되는 일이 많은데, 그 뒤 짧은 시간의 일은 선명하게 떠오르지 않는다. 심하게 흔들리던 시대탓이었는지 모른다. 어느 해던가 한참 뒤 가을 내내 방과 후 돌집 201호실에서 두어 달 동안 매일 겁도 없이 '선가구감'을 강의하던 생각이 날 뿐이다. 낮이 짧아 끝날 때쯤엔 땅거미가 내렸다. 처음에는 열 명쯤이었으나 몇 주 지나자 이웃 대학에서도 와 빽빽했다. 그때 혜조 스님은 졸업하고 난 뒤라 없었다.

이렇게 그는 좋아하는 여러 동아리에서 활약했다. 그 가운데에서 가장 열정을 쏟은 곳이 '흔누리' 문학 모임이 아니었나 싶다. 같은 회원 가운데에는 그의 선배인 미술교육과 정영상 시인이 있었다. 나는 그를 하늘이 낸 시인이라고 생각했다. 감성이 풍부했고 부드러웠으며 강했다. 폭음과 함께 무수한 시가 술술 쏟아져 나왔다. 그러면서도 사생활에 전혀 흐트러짐이 없었다. 순결한 영혼의 소유자였다. 그는 포항이 고향인데 포은 정봉수의 몇대 손이라 했다. 그의 묘를 찾아간 어느 이른 봄날 그의 노모가 한 말이었다. 그는 충북에서 교편을 잡다가 해직교사가 되어 새세상을 보지 못하고 이승을 떠났다. 혜조 스님도 둘째 가라면 섭섭할 정도로 감성이 섬세하면서도 풍부했다. 늘 맑은 마음을 가지고 있었다. 그러나 의롭지 못한 것을 보면 참지 못했다. 그런 일로 고통을 겪은 일도 있었다.

1986년이던가, 나는 벼르고 벼르던 외국행을 하게 된 적이 있다. 국립대만사범대 국문연구소 소장의 초청으로 건너가 일 년간, 신발이 다 닳도록 이 대학, 저 대학 강의실을 찾아 다녔다. 그때 혜조 스님의 편지 한 통을 받았다. 졸업 후 출가하겠다는 내용이었다. 즉각 답신을 보냈다. 학생을 가르치면서 재가불자로 활약하는 것이 좋을 것이라 썼다. 일 년간을 마치고 와 보니 졸업하자마자 결심대로 출가했다. 출가 후 그는 비구니 강원에서 학인이 되어 수년간 공부를 했고, 자신의 의지와는 달리 첫시집도 나오게 되었다. 그 뒤 동국대 대학원에 진학해 석사학위도 받고 박사과정을 마치기도 했다.

출가 후 혜조 스님을 뵌 것은 딱 한 번, 청화 스님을 뵈러 가던 길에 이곳 공주에 들러 내가 사는 골목길에서 10분쯤 만나 이야기를 나눈 것이 전부였다. 그러나 자주 엽신도 보내오고 가끔 가다가 전화도 걸어 줘 그의 걸어온 길을 대충 알게 되었다. 조계종 총무원에서도 무슨 국장인가로 일하면서 북한불교문화재 도록도 보내주고, 우리말 법화삼부경도 CD로 묶어 내었다. 특히 그가 보여준 사경에 대한 열정은 대단한 것이었다. 반야심경의 사경은 양이 적으니까 그렇다 하더라도 법화경의 사경은 놀라운 것이었다. 고향 어머님께서 불심이 깊어 사경을 통해 신심을 다지신다는 이야기를 들은 적이 있는데, 어쩌면 어머님에 대한 효심이 그 근저에 하나의 발원으로 작용한 것이 아닌가 그런 생각이 들었다.

시보다 그 시를 쓴 시인을 잘 안다는 것은 시를 제대로 이해하는 데에 장애가 된다는 사실을 이 글을 쓰면서 다시금 알게 되었다. 본론이 시 이야기여야 하는데 이렇게 비시적인 이야기를 길게 늘어놓는 것이 그 한 반증이라 할 수 있다.

3.

시의 분량이 꽤 많다. 백육십 편이 넘는다. 어쩌다 안부를 물으면 늘 절필했다고 하더니 이렇게 많을 줄 몰랐다. 시의 에너지가 분출한 느낌이다. 한 편 한 편 차분히 읽기에는 너무 벅차다. 시의 어투나 어조는 서로 엇비슷해서 단조로운 면이 없지 않지만, 다양한 제재에 다양한 내용을 담고 있다. 위험을 무릅쓰고 〈집〉과 〈길〉이라는 이항의 대립 또는 그 지양止揚으로 포괄하여 살펴보려고 한다. 그리하여 〈집〉에서 〈길〉에 이르는 〈사이〉를 확인하고, 〈길〉 이후의 〈길〉을 따라가게 될 것이다.

〈집〉은 존재의 처소이다. 비와 바람을 막아주는 언제나 따뜻한 어머니이다. 또한, 타자로부터 독립된 자아의 상징이다. 속인의 일생은 집을 짓기 위해 산다. 집은 한곳에 붙박히는 머무름, 곧 주住이다. 그런 가家로서의 집은 나에게도 있으며, 우리에게도 있다. 나라 국國자가 토지, 백성, 무기를 뜻하는 혹或을 네모진 담口으로 두르고 있는 것은 그 때문이다. 나와 남의 끊임없는 분쟁은 실은 집(소유라는 말로 바꾸어도 된다) 때문이며, 나라와 나라의 전쟁도 국경이라는 경계境界 때문이다. 우리나라의 삼국 시대 고구려, 백제, 신라의 끊임없는 싸움도 그러하며 실은 중국과 구소련, 인도와의 불화도 이념을 빗댄 국경의 싸움이다.

그러나 떠다니는 유목의 경우는 이와 다르다. 울란바토르를 조금 벗어난 몽고 지역의 사람들은 노마드nomad들이다. 그들에게 집(게르)은 이동의 임시 처소이며 땅은 대지大地로서 신의 것이다. 칭기스칸이 유럽까지도 제패한 사실은 영토의 확장이라는 그 소유욕에 말미암은 것이 아니다. 그들의 나라가 오늘날 내·외로 나뉘어진 데다가 인구가 고작 기백만에 이른다 하여도 당당한 것은 노마드로서 자본의 노예로부터 벗어난 데에 있다.

벌써 오래 전의 일이다. 내 또래의 스님 한 분을 사귄 적이 있다. 그분과의 인연은 꽤 질겨서 그가 세상을 버린 이십여 년간 지속되었다. 그때 그분은 마흔이 될까 말까한 나이였다. 큰 절에 소속된 작은 암자의 주지였다. 혜慧가 남달리 밝은 분이었다. 그분은 늘 내심 자기 집을 갖고 싶어했다. 마침내 그 암자를 뛰쳐나가 이름 없는 다 허물어진 토굴에서 목탁을 두드리기도 했고, 그러다가 그곳에서 좀 떨어진 야산 골짜기에다 작은 법당을 짓고 그 옆에 손바닥만한 요사채를 지었다. 그게 탈이었다. 나무를 몇 그루 베었다고 산림법 위반이라는 등, 아랫마을에서 전기를 임시로 끌어다 썼다고 또 무슨 법 위반이라는 등 고발이 잇달았고, 결국 법정에 끌려가 새파란 법관 앞에 죄인으로 서 있어야 했다. 몇 년간인가 집행유예 선고를 받고, 그 스님은 빚을 얻어 몇 년 걸려 지은 법당을 내팽개친 채 가뭇없이 우리로부터 영영 사라졌다. 나는 그 생각만 하면 지금도 마음이 아프다. 알고 보니 스님은 6·25 때 늙은 아버지와 함께 개성에서 내려온 고아였다. 절 근처에서 그 그늘로 살다가 늦깎이로 스님이 된 것이었다. 학교래야 절에서 운영하던 당시 고등공민학교 격의 중학 과정이 전부였다. 그러나 대학생들을 모아 놓고 원효의 '대승기신론소'도 강의했고 '정감록'에 대한 심층 해석도 그럴 듯하게 보여 주었다.

그런 마음 아픈 일을 통해 집家의 구속으로부터 과감히 벗어나는 게 도道라는 생각을 다시금 갖게 되었다. 집은 소유의 다른 이름이라는 것, 그것을 벗어날 때 사유가 다가온다는 것, 그러나 그게 어디 쉬운 일이랴. 혜조 스님의 시편들 중에 비교적 긴 것들은 〈집〉의 인력 안에 있다. 아버지, 어머니, 조카, 고인이 된 문우文友, 또 여기에는 두터운 업장의 우둔한 이 중생도 끼어 있다. 뿐만 아니다. 스님이 소속한 조계종 총무원 등 신변의 것들과 자유, 민주, 통일 등 거시적 담론들도 무겁게 에워싸고 있다.

동트는 새벽 언저리
산마루 언덕을

넘어가 보라

거기 고향 동구에서

불어오는 만년의 바람.

… 중략 …

가을 햇살의

따갑게 파고드는 문빗살로

칠흑의 어둠 속

행여 문빗살로 살아

환하게 피어 오르는 향내음

그 빛의 맨 나아중

새까만 어둠의 자리

「어머님」이라 제한 시의 한 부분이다. 시적 자아가 있는 이곳에서 '산마루'를 넘으면 거기에 '어머님'이 계시다. '산마루'는 '이'와 '저'의 경계이다. 저곳에 계신 어머니를 그는 '만년의 바람'이라고 하고 있다. 끊임없이 오욕칠정으로 흔들리는 세계이기 때문이다. 그래서인가. 그의 연민은 세간의 깊이로 가득하다. '빛의 맨 나아중'이 주는 의미의 충격이 그러하고 '새까만 어둠의 자리'의 비극적 절정 또한 그러하다. 「아버지」란 시도 마찬가지다. 이러한 가족사적인 범주의 것을 비롯하여 일제하 독립운동을 「다시 3월에」, 4·19를 「들 가운데에서」, 그리고 광주민

주항쟁 5·18을「오월의 시」, 민족 분단「설거지를 하며」을 노래하는가 하면, 민주화운동「故박종철 군에게」, 동학농민 혁명「전봉준」등 민족사적인 문제를 노래함으로써 거대한 담론으로 확대해 가고 있다.

혜조 스님의 가족사에 대한 연민과 사회에 대한 곧은 정의의 열망을 나는 그답게 여긴다. 우리를 둘러싸고 있는 지금·여기의 문제에 눈감는 것은 결코 도道를 찾는 자의 길이 아님을 잘 알고 있기 때문이다. 그러나 어떻게 보면 그의 폭넓은 관심은 집家에의 집념을 끊지 못하는 그 소유所有의 끈과 연결되어 있는 게 아닌가, 그런 생각을 지울 수 없다. 무정이든 유정이든 삶의 보다 큰 무시간과 무공간을 부처님의 눈으로 바라보고 그 길을 따른다는 일은 그렇게 말처럼 쉬운 일이 아니리라.

4.

〈집〉을 벗어나는 즉각의 실천은 '떠남'의 〈길〉이다. '나그네'라는 말이 있다. 그러나 나그네는 말만 있고 그 실체가 사라진 지 오래다. 인정도 없고 주막도 없고 사랑舍廊도 없는 각박한 사회에 나그네는 존재할 수 없기 마련이다. 그런 점에서 김삿갓이 살고 공초空超가 산 시대가 부러워진다. 설혹 나그네라 자칭하며 낯선 마을을 방랑자로 떠돌게 될 때, 적어도 10년 전만 해도 첩자로 신고되어 연행되어야 할 운명이었다. 오늘날은 연행되기 전에

아사하거나 동사하기 십상이다.

'나그네'에 관해 학생들에게 이야기하다가 그 의미 범주를 우스개삼아 질의한 적이 있다. 나그네의 의미 범주를 점차 좁혀가는 방법으로 특성의 요소를 소거하는 것이다. 나그네는 여자일까, 남자일까? 남자다. 한 여학생이 아닌데요, 여자도 있어요. 한 아무개요. 그래? 그 끙끙 무겁게 멘 가방은 뭐고 그 가방 안에 들어 있는 전지, 칼, 먹을거리는 나그네의 것일까? 아무 할 말이 없다. 그럼, 남자다. 자 그럼, 몇 살이나 될까? 열 살 이내? 미아. 열 살 위 스무 살쯤이요? 가출. 서른 살은? 정신 이상. 예순 살, 일흔 살? 거지, 또는 현대판 고려장. 남은 것은 40~50대의 중년이다. 그 사람의 생김이나 차림은? 배가 불룩 나오고 얼굴에 개기름이 줄줄 흐른다. 롤렉스시계를 찼다. 아뇨, 색안경 또는 금테 안경을 끼었다, 그것 다 아니다. 키가 좀 미루나무처럼 후리후리하고 좀 초췌하고 눈빛이 그윽하고 걸음도 느릿느릿 그런 '구름에 달 가듯 가는' 세상 욕심 없는 조금은 초연한 선비. 그렇다, 세속에 물들지 않고 고매한 꿈이 엿보이는, 그래서 홀로인 악착같지 않은 그런 사람 그게 나그네다, 그런 결론에 이르게 되었다.

구도자는 영원한 나그네다. 헷세 소설의 주인공 같은 달콤한 방랑이 아니라 '눈빛이 푸른' 남자의 그것이다. 혜조 스님의 시에 그러한 지향성이 곳곳에 나타나 있다.

그리움처럼

푸른 물띠 헤치며 살지.

햇빛 아래

잘 마른 풀빨래처럼,

화사한 기다림에

서걱서걱

눈 베이며 살지.

「편지」 전편이다. 짤막하고 아름답다. 그 속에 '잘 마른 풀빨래처럼' '화사한 기다림'이 있다. 그 기다림은 '서걱서걱' 눈 베이는 날카로운 인고이다.

혜조 스님의 안에는, 이미 팔십노파의 베옷처럼/한평생 억세고 질긴/배고픔으로 흐르는/긴 언덕의 뼈울음(「잔디를 태우며」부분)이 있다. 이러한 '아픔'이 길 떠남의 원동력이 되고 있다. 그의 시에는 여기저기 유난히 〈배고픔〉이 많이 나타나 있다. 그것이 길고 긴 고뇌의 '뼈울음'의 한 원천이다.

어릴 적 운동회 날

여기저기 가을 햇살

따가운 사랑을 수줍어 하며

몰래 꽃밭 속 그늘로

숨어들었던 바람처럼,

하늘이 펄럭

잿빛 가슴의 천막을 드리우고

시인의 서늘한 눈매

그 너머 저음으로 타는

곡조를 드리웁니다

첫눈이 내리겠어요

이제 내부의 동화소리에

귀를 기울일 때이군요

- 「겨울문턱」 전문

　시인의 내면이 조용한 여운으로 잘 나타나 있다. 유년 시절의 티 없는 잔치, 운동회, 그 천진난만한 흥겨움, '몰래 꽃밭 속 그늘로 숨어들던' 그리움의 바람, 이런 것들이 주는 아름다움은 처연하기까지 하다. 갑자기 펄럭이는 하늘은 하나의 분수령으로 잿빛 천막을 드리운다. 거기에서 낮은 소리로 타오르는 시인의 시가 태어난다. 그 저음으로 하여 펄럭이는 하늘에서는 드디어 첫눈이 내린다. 깊고 그윽한 동화의 소리가 그 내부에 스며있어 조용히 눈 오는 긴 밤 귀를 기울인다, 대충 그러한 내용이다. 길을 떠나는 자의, 또는 떠난 자의 자세가 참으로 차분하고 조용하다. 그런 과정의 끝에 다음과 같은 경지에 마침내 이른다.

흐르고 흐르는

낮은 송구함으로

매일매일 높아지나니

이렇듯

산이 높은 것은

바다가 그립기 때문이다.

–「산」전문

　낮은 마음 그 하심下心은 아상我相을 버릴 때 전제가 되는 구도자의 기본자세이다. 그러나 하심은 하루 이틀에 이루어지는 것이 아니다. 수없는 참회와 절제가 아뢰야식(제8식·장식)에 거듭거듭 훈습된 다음에야 가능한 인내의 소산이라 할 수 있다. 그런 낮음을 송구함으로 여기는 것은 큰 깨우침이다. 그 깨우침이 높은 산이 되는 것은 자연스러운 일이다. 높은 산은 다시 저 끝없는 무애의 〈바다〉로 향하게 마련이다. 짧은 시편 속에 깊은 내용과 울림을 담은 선시에 근접하고 있다.

　혜조 스님은 이 시집에서 「시론詩論」이라든가, 「시에게」 등의 시에 관한 입론立論을 보여준다. 내면에서 용출하는 불가피한 어떤 것, 릴케식으로 말하면 말(노래)하지 않고는 죽어도 못 배기는 그런 것에 기초해 있다. 그것은 발생론적으로 옳은 것이다. 하지만 여기에서 한 발 더 나아

133

가 〈길〉 뒤의 그 길을 찾아야 마침내 〈도달〉하게 된다는 사실을 간과해서는 안 될 것이다. 그것은 언어와의 치열한 싸움이며 그 싸움은 언어를 적대하는 데까지 이르게 될 수 있다. 불립문자不立文字 · 언어도단言語道斷의 경지가 바로 그것이다. 그때의 〈침묵〉이 말로 터질 때, 시는 우담바라처럼 비로소 진면목을 보일 수 있을 것이다.

5.

주住와 길道의 사이는 참으로 멀다. 〈주〉를 벗어나 일체의 것으로부터 떠남의 세계에 닿는 과정은 산 넘고 물 건너는 것보다 더 어렵다. 외롭고 또 외로운 지난至難의 장애물이 거기에 가로 놓여 있기 때문이다. 그 자기투쟁의 고독 끝에 이르는 길은 험난하지만, 도달한 세계는 대자유의 평화가 있다고 부처님께서 가르치신다. 그러기 위해 상구보리上求菩提를 하며, 거기에서 증득證得한 열매는 사부대중에게 기꺼이 헌신을 통해 나누어 회향해야 할 당위성이 있다. 하화중생下化衆生이 바로 그것이다. 이러한 보살행菩薩行의 길을 걸으면서 그 방편으로 시가 나와야 하지 않을까. 그것은 주住의 세계를 벗어난 천진天眞의 그것이 아닐까. 이 글의 앞부분에서 경허 스님의 궁문弓門을 들며 '활활'이 궁극의 길이라는 이야기를 한 이유이다. 그것은 착着을 놓는 방하착放下着에서 비롯된다. 바로 이 지점에서 천진이 나타난다. 효봉曉峰 스님이 말년에 그렇게 천진하셨고 혜암惠庵 스님이 또한 그랬다. 그런 경지에서는 말씀 하나, 행동거지 하나하나가 다 시일 것이다. 그래서 경에서도 사실은 두두물물頭頭物物이 다르마法를 나툰 화엄華嚴이라 말씀하지 않던가.

금강경金剛經에 있는 이러한 부처님 말씀이 떠오른다. '응무소주이생기심應無所住而生其心'. 마땅히 주住하는 바 없이 그 마음을 내어야 한다는 뜻으로 이해되는데, 이러한 것이 공자가 말한 바 사무사思無邪와 같은 것이 아닐까. 그러나 어찌 보면 삶과 죽음, 만남과 떠남 등이 둘이 아니듯이 주住와 길도 불이不二일 수 있다.

혜조 스님의 시가 그러한 것에 이르는 과정일 뿐 아니라 그런 마지막의 도달을 열어 보이는 우담바라가 되기를 바란다. 그렇지 않다면 더 이상 시를 쓰지 않는 것이 더 스님답다는 게 이 미욱한 중생의 솔직한 생각이다. 혜조 스님은 지금 무거운 병을 데불고 고통스러운 나날을 보내고 있다. 찾아가서 이마 한번 짚어보지 못하고 이런 글을 중언부언 쓰고 있을 뿐이다. 도움을 주지 못하는 이 무력을 어찌지 못한다. 부처님의 가피력으로 다시 힘을 얻어 그 여리고 맑은 감성으로 '어린 예술가'처럼 수행의 길을 걸어가는 그 아름다운 여정을 보여주었으면 한다. 그리하여 그 너머 유리광명의 불국토에 이르기를 발원하고 또 발원한다.

엉겅퀴 붉은 향

초판 | 1쇄 발행 2010년 12월 3일

지은이 | 혜조 스님 · 펴낸이 | 김소양

기획 편집 | 최 준 · 마케팅 | 김철범, 전민상

디자인 | 이현미, 양윤석, 윤나리

임프린트 | 도서출판 우리글

주소 | 서울 서초구 양재2동 299-5 남양빌딩 6층

마케팅 | 02-566-3410 · 편집실 | 02-575-7907 · 팩스 | 02-566-1164

홈페이지 | www.wrigle.com · 이메일 | wrigle@hanmail.net

블로그 | blog.naver.com/wrigle · 트위터 | @wribook

발행 | ㈜우리글 · 출판 등록 | 1998년 6월 3일

ⓒ 혜조 스님 2010 (저작권자와 맺은 특약에 따라 검인을 생략합니다.)

Printed in Seoul, Korea

ISBN 978-89-6426-025-8 03810

「이 도서의 국립중앙도서관 출판시도서목록(CIP)은
e-CIP 홈페이지(http://www.nl.go.kr/ecip)에서 이용하실 수 있습니다.
(CIP제어번호: CIP 2010004377)」

* 잘못된 책은 바꾸어 드립니다.
* 책값은 뒤표지에 있습니다.